Vivre avec un inconnu

Florence Burgat

Vivre avec un inconnu

Miettes philosophiques sur les chats

Rivages poche
Petite Bibliothèque

Retrouvez l'ensemble des parutions
des Éditions Payot & Rivages sur

payot-rivages.fr

La vie en commun

Dans notre ignorance de tout, dans notre impuissance à rien savoir, quel étonnement – et peut-être quelle terreur – il y aurait à pénétrer, par les étranges fenêtres de ces yeux, jusqu'à l'inconnaissable de ce petit cerveau caché derrière. [...] Mais non, jamais, jamais il ne sera donné à aucun de nous de rien déchiffrer, dans ces petites têtes câlines, qui se font si amoureusement caresser, tenir et comme pétrir dans nos mains...

Pierre LOTI,
Reflets sur la sombre route.

On peut bien vivre en permanence avec lui et savoir tout de lui – n'est-il pas celui qui habite absolument la maison jusque dans ses recoins les plus retirés ? N'y est-il pas notre boussole, le point à partir duquel nos déplacements s'organisent d'une pièce à l'autre, où, dans chacune d'elles, il élit tour à tour domicile ? N'accompagne-t-il pas de sa présence feutrée toutes nos tâches ? Ne va-t-il pas jusqu'à partager notre couche ? Ne nous a-t-il pas discrètement mais cependant toujours à l'œil ? Ne nous témoigne-t-il pas un de ces singuliers attachements qui touche par la discrétion de ses signes ? – pourtant, on ne sait pas qui est ce chat. On connaît par cœur et on pourrait décrire précisément les habitudes, les manies, les craintes, les goûts, les impatiences, qui sont les siens, mais de l'extérieur seulement. Connaît-on jamais quelqu'un de l'intérieur ? rétorquera-t-on. « Qui connaît les chats ? » s'interroge Rainer Maria Rilke devant les dessins à l'encre du chat Mitsou par Balthus. D'aucuns prétendent les connaître. Pure présomption, fanfaronnade, arrogance ! « J'avoue que, pour moi, poursuit Rilke, leur existence ne fut jamais qu'une hypothèse passablement risquée. [...] Ils nous regardent, direz-vous ? Mais a-t-on jamais su, si vraiment ils daignent loger un instant au fond de leur rétine notre futile image[1] ? »

Il faut peut-être passer par les chiens pour comprendre en quoi les chats sont doublement mystérieux. Prenons cependant garde aux comparaisons ! D'une comparaison avec le chat, le chien ne sort à certains égards pas grandi. On a semble-t-il affaire à des lobbies qui s'affrontent. L'intelligence des chats « égale au moins celle des chiens, dont ils n'ont jamais d'ailleurs les obséquieuses soumissions, non plus que la ridicule importance », écrit Loti. Les chats, « bêtes élégantes et patriciennes », écrasent à cet égard tous les chiens, fussent-ils les mieux nés, car ceux-ci conservent « des malpropretés de parvenus et demeurent irrémédiablement communs[2] ». Le constat est cinglant.

Quand il est pleinement accueilli dans l'environnement humain, le chien s'humanise. Le couple qu'il forme avec tel ou telle s'impose comme une évidence. Ce compagnonnage est favorisé par la possibilité d'aller ensemble presque partout, de marcher côte à côte, le chien foulant la route dans les pas de son *maître*. Il renonce à lui-même, disparaît pour ainsi dire comme chien. Il y aurait en chaque chien humanisé un indépassable fond de tristesse. Cela a été maintes fois noté : il attend tout d'un autre ; mieux, il est d'un autre. Mais parce qu'il reste chien, il demeure forcément au bord du chemin, un peu en rade. « Il passe son temps à observer son maître pour savoir ce qu'il va faire de lui. Tout est signe : tousser, regarder sa montre, éteindre la télé. Il n'y a pas de geste innocent. Chaque minute apporte sa ration d'angoisse », pointe Roger Grenier[3].

Par amour pour l'homme et pour son monde, dans lequel il s'installe et prend ses marques, il donne tout – pari fou, affreusement périlleux, car il abdique jusqu'à la mince marge de manœuvre que tout amoureux doit savoir garder, même à son insu, dans un coin de son être pour s'y replier en cas d'abandon et s'y reconstruire. Mais il semble que, ce faisant, le chien réalise l'aspiration qui lui est la plus chère : être apparié à un humain, faire la paire avec lui. N'est-ce pas lui, le chien, qui décèle immédiatement, sous des traits rendus méconnaissables par les infortunes qui ont jalonné un long éloignement, le maître épuisé, Ulysse ? Le regard du chien exprime clairement sentiments et états d'âme que nous connaissons pour les partager nous-mêmes. Fluidité, animation, mobilité et transparence de son regard. On sait à qui l'on a affaire. Ira-t-on jusqu'à dire que l'on connaît le chien parce que l'on y reconnaît l'homme, indiquant alors combien est étroite la porte par laquelle nous accédons à l'altérité ?

Connaître ne serait-il que reconnaître, trouver du même, et donc forcément réduire ? Une longue tradition, bien vivace, ressasse que les animaux ne feraient qu'apparemment ce que nous faisons réellement. L'intention des forces qui animent cet état d'esprit est de tenir les animaux au plus loin de toute complexité : tout animal serait un être simple, mû par la réaction à un élément de son environnement. Les tenants de cette réduction des actes significatifs à une apparence ne s'aperçoivent pas qu'ils construisent un monde où l'action, par nature finalisée, devient incompréhensible sans la constante intervention d'un *deus ex machina* pour la soutenir et la relancer sans cesse. Ainsi des millions d'individus appartenant à des milliers d'espèces différentes paraîtraient sans être, auraient l'air de faire sans faire vraiment, ne seraient que les ombres d'un réel inscrit ailleurs. Allégorie d'une caverne où ce ne sont pas les ombres des choses que nous tenons pour les choses elles-mêmes, mais où les choses elles-mêmes doivent être tenues pour des ombres. Les actions des animaux seraient de purs faux-semblants s'abîmant aussitôt dans le néant.

Alain est de ceux qui croient que les « pensées crépusculaires » ne sont pas des pensées. S'il n'est « pas curieux de savoir ce que pensent les chiens, les chats, les bœufs ou les lapins », c'est parce que les pensées flottantes aux contours imprécis, au dessin incertain, à l'identité hésitante, les pensées passantes, pourrait-on dire, celles de « demi-jour [...] auxquelles nous ne faisons guère attention », enregistrées et déjà presque effacées qui accompagnent une activité où l'esprit s'investit plus sûrement, seraient celles qui « selon la vraisemblance[4] » occuperaient les chiens, les chats, les bœufs et les lapins. Au bord de sombrer dans le sommeil, l'homme connaîtrait donc cette douce confusion mentale qui constituerait l'état ordinaire et constant de ces animaux.

Considérant le chat Mitcho, il m'est souvent arrivé d'avoir la sensation qu'une boule foisonnante de pensées, enchevêtrées et se chevauchant sans ordre comme dans les rêves, bouillait au-dessus de sa tête, dans l'air. Un esprit dedans et un esprit dehors expliqueraient cette présence contrariée : être là et en même temps ailleurs, l'œil lointain mais le corps bien ancré. « Que distingue le chat / Quand l'horizon s'enfonce / Au-dedans de lui-même[5] » ? C'est le regard pointu du chat qui met sur la voie de l'ubiquité et de l'épaisseur de sa vie intérieure. Voilà ce qu'Alain n'a pas vu, évoquant une vaine conversation quand il s'agit d'autre chose. Sans la « lumière centrale » qui donne quelque relief aux pensées flottantes, celles-ci ne sont pas des pensées du tout, tranche-t-il. « Qui n'a que des rêves n'a point de rêves, et qui pense à demi ne pense point du tout. Mille regrets ; mais ne faites point de conversation avec votre chat[6]. »

Tantôt parfaitement lisible, tantôt impossible à identifier, le curieux regard du chat, « le feu de ses prunelles pâles, clairs fanaux, vivantes opales[7] », nous barre presque toujours l'entrée. Qui n'a été saisi par l'immobilisation soudaine du chat familier, la tête un peu en avant, œil intensément sec, presque dur ? Il nous fera abandonner la partie, ou l'abandonnera lui-même en passant brusquement à autre chose. Il a fermé cette porte. Celles qu'il nous ouvre sont des portes dérobées : sa patte griffue qui se referme doucement sur nos doigts ; le « clin d'œil alourdi de patience, de sérénité et de pardon réciproque[8] » que l'on échange parfois avec lui ; le bruit de moteur, sourd, feutré et grave, qui suit de quelques instants la caresse ou les paroles adressées tombant sur lui tel un voile de paix ; la main posée sur sa tête, une tête qui se renverse volontiers, les yeux clos, la bouche relâchée, présentant l'adorable gorge aux poils délicatement fins. Le chat sauvage qui rase les murs dans le jardin et ne se laisse ni voir ni attraper, attend pourtant Colette. « C'est alors que deux fondantes pattes et un nez fiévreux serraient, baisaient mes chevilles, mes orteils nus. Mais pour que le craintif esprit sût que nous restions liés, je lui chantais des chansons improvisées où je mêlais son nom, des airs flottants et incertains[9]. »

Freud a capitulé devant le rêve : aussi loin qu'il soit possible d'aller dans son déchiffrement, il comporte un point de résistance qui le rattache à l'inconnu ; c'est l'ombilic du rêve. De même en va-t-il des chats.

Les rituels

Il arriva un soir que j'oubliai de faire entrer Martina à l'heure habituelle [...] Je courus vite à la porte et, lorsque je l'ouvris [...] elle ne prit pas le chemin habituel, mais le chemin le plus court [...]. Mais arrivée à la cinquième marche, elle fit quelque chose de réellement bouleversant : elle s'arrêta subitement, son cou s'allongea, signe de grande terreur chez une oie sauvage [...] elle hésita un instant, fit demi-tour, redescendit les cinq marches et exécuta d'un pas pressé, comme quelqu'un qui doit accomplir une mission très importante, le détour primitif vers la fenêtre. Ensuite elle monta à nouveau, cette fois conformément à l'usage primitif.

Konrad LORENZ,
L'Agression.

Lorsqu'il demande à sortir, que ce soit par la porte du bureau pour aller dans le bout de jardin parisien ou par la porte d'entrée pour une promenade au square, Mitcho fait des boucles devant l'issue. Il tourne une à deux fois en rond, presque sur lui-même, avant de se présenter de façon à ce que je puisse attacher son harnais. (A-t-on vu beaucoup de chats se mettre en position pour la fixation d'un harnais ? Notre déambulation dans les rues surprend plus d'un passant, tandis que les chiens n'en croient pas leurs yeux.) S'il n'a pas effectué cette sorte de tour, qui ne sert à rien sinon à le ramener au point zéro, à sa position initiale devant la porte, la suite des choses semble bloquée comme s'il manquait un maillon essentiel, pourtant objectivement inutile, à la réalisation du but. Une sorte d'obstacle imaginaire diffère le projet de quelques instants. Et il en va chaque fois ainsi. Non, en vérité pas chaque fois. Cette complication fait partie de la séquence ; elle semble détourner le sujet de son dessein, mais, sans elle, les conditions ne sont pas réunies pour que les choses puissent commencer.

Nul n'ignore, s'il veut bien prendre la peine d'observer ses propres habitudes et ses petites manies, combien il est rassurant pour chacun d'entre nous d'opérer toujours de la même manière ; qu'il s'agisse de l'habituel et court trajet quotidien effectué à pied, de l'ordre selon lequel on prépare la chambre à coucher ou toute autre situation du même genre. C'est à notre insu que nous reproduisons les modestes gestes qui concourent à la permanence et à l'identité du premier cercle de notre environnement quotidien, celui qui ne doit pas nous lâcher quand tout le reste est incertain. Pareillement, c'est à cette même stabilité qu'œuvre l'animal dans son arche domestique. Les activités ordinaires de la vie du chat d'appartement se composent d'un certain nombre de vérifications : tout est-il bien à sa place ? Le désordre, le bruit, les hurlements, les crises de nerfs, pour aller crescendo dans l'énumération des troubles, perturbent le chat quand il s'agit d'une modification de l'agencement des choses, le terrorisent quand c'est son univers affectif qui est atteint. Chemin faisant, c'est le fragile équilibre d'une vie bâtie sur mesure et de toutes pièces dans la maison humaine qui est menacé. L'inquiétude est le fond de l'âme animale, jusque dans le confort protecteur de ce solide habitat. Mais c'est la tonalité affective d'un cercle beaucoup plus large que celui de sa demeure qui peut basculer.

Alors que nous nous promenions un dimanche matin au square et que je suivais Mitcho (certes tenu en laisse, mais décidant seul et fermement des directions à prendre) dans son périple de vérification de cet espace connu, nous découvrîmes, au détour d'une haie qui nous en masquait la vue, la masse de deux individus dormant à même le sol, un enfant blotti dans les bras d'un adulte, une couverture rabattue sur leur tête et le haut de leur corps. Seuls dépassaient le bas des jambes et deux paires de chaussures de sport, dont la différence de taille indiquait la présence d'un enfant. Ce couple sans domicile s'était installé là, incognito, probablement après la fermeture du square. Mitcho s'immobilisa à bonne distance, d'abord intrigué, puis profondément inquiet. Il ne bougeait pas, s'interrogeant sur le sens de cette forme où il avait reconnu des hommes. Mais pourquoi au sol, roulés en boule, inertes ? Je me demandai si ce n'était pas pour lui le premier frisson de ce que pouvait être la mort. Être abattu, abattu pour toujours, tomber et ne plus se relever. Ce qu'il ne connaît que debout, parlant et remuant, était pétrifié. Le couple était partiellement couvert ; ne sont-ce pas les morts que l'on dissimule ainsi pour les soustraire à la vue ? Mitcho s'affaissa légèrement, son pelage se gonfla, les poils de sa queue s'horripilèrent, verticaux.

Au bout de longues minutes durant lesquelles il tentait, les narines frémissant avec application et régularité, de recueillir des odeurs qui pourraient peut-être le renseigner sur le sens de cet événement considérable qui le troublait au-delà de tout ce qu'il lui avait été donné de connaître jusqu'à présent, il fit marche arrière, très lentement, précautionneusement, se retournant sans cesse pour vérifier que rien ne survenait. Il avançait comme s'il était entravé, craignant que ses mouvements, en remuant de l'air, pussent perturber plus encore un équilibre déjà rompu. Il ne quittait pas des yeux la forme énigmatique qui avait bouleversé la certitude des lieux. Peu à peu, faisant crisser le plus doucement qu'il le pouvait les premières feuilles jaunes de l'automne tombées au sol, il m'invita à nous éloigner du cœur dramatique du jardin. Ses pas étaient minuscules. Ne se départant pas de son inquiétude, il se mit à inspecter les lieux qu'il avait accoutumé de visiter, me tirant dans les bosquets, grimpant aux arbres dans les limites de la latitude offerte par sa laisse. Il reprit de l'allure et de l'assurance. De loin, nous vîmes le couple enseveli bouger un peu. Est-ce ce qui le rassura ? Nous quittâmes le jardin et rentrâmes sans traîner.

« Le chat », me dit un jour une voisine amie, est « très conservateur ». Elle songeait notamment au pull-over jaune qui, élu par son chat, *doit* se trouver à un certain endroit pour qu'il s'y installe. Toute imprécision lui est insupportable. Il roule alors des yeux furieux. De même en va-t-il avec l'emplacement des assiettes où sont déposées, dans un certain ordre, six sortes de croquettes. Pour ne rien dire de son œil réprobateur quand le lit n'est toujours pas fait à midi, me confiait encore Claudine ! Parlons-en, du pull-over élu, celui que le chat pétrit toutes griffes dehors, tandis qu'il en saisit fermement une autre partie par la gueule. Comme si cette étoffe valait pour autre chose, valait un autre chat, elle déclenche – suffit à déclencher – un comportement singulier qui lui prodigue un contentement évident. Tout à son affaire, c'est là une occupation dont il n'apprécie pas d'être distrait. Le chat n'est pas un animal disponible.

Cette habitude et ce goût, bien connus de ceux qui vivent avec des chats, paraissent vérifier l'une des thèses majeures de Lorenz sur l'instinct, que Maurice Merleau-Ponty a commentée : « L'instinct est à la fois [...] une inertie et une conduite hallucinatoire, onirique, capable de faire un monde et de s'accrocher à n'importe quel objet du monde. Dans la mesure où l'instinct est une tension qui veut trouver une détente sans savoir pourquoi, il ne vise pas tant le réel que l'irréel[10]. » Autre trait caractéristique : le quart d'heure de folie. Le chat court, grimpe, descend, prend les virages à toute allure, fait valdinguer les tapis. Que se passe-t-il donc ? Il paraît se jouer à lui-même un tour. Il est celui qui fait peur et celui qui a peur. Peut-être donne-t-il ainsi un peu de relief et de piquant à une vie qui en manque. Prenons-nous jamais la pleine mesure de notre responsabilité envers les animaux familiers dont l'existence est de part en part encadrée par la nôtre et qui ont l'environnement domestique pour tout horizon ?

Du point de vue éthologique, la ritualisation « peut être définie comme la formalisation ou la canalisation adaptative d'un comportement à motivation émotionnelle, sous la pression téléonomique de la sélection naturelle[11] ». Cette définition n'est pas d'emblée lumineuse (du moins pour le non-éthologue), dans la mesure où la formalisation est inhérente à tout comportement ; c'est ce qui lui assure son succès et le rend reconnaissable, compréhensible par un tiers. On saisit mieux en quoi tient cette formalisation si le caractère ritualisé d'un comportement s'apparente, jusqu'à un certain point, à une forme de rigidification. Desmond Morris distingue finement les *comportements stéréotypés*, qui se sont rigidifiés pour des raisons liées le plus souvent à un environnement pauvre ou stérile dans lequel un comportement normal ne peut se développer, des *rituels* animaux. À première vue, ces comportements présentent de frappantes similitudes : le va-et-vient de l'animal dans sa cage ressemble aux girations de l'animal qui fait sa cour, etc. Mais si la ritualisation vise et obtient une plus grande efficacité de communication, le comportement stéréotypé de l'animal captif tourne à vide. Le schème comportemental se déclenche, mais, en l'absence de stimuli variables qui redirigeraient le comportement, celui-ci se fige dans la répétition. Ainsi, un animal qui a l'intention de fuir, parce qu'il échoue à le faire dans sa cage, exécute des va-et-vient de façon de plus en plus rythmique. Dans les deux cas, rituel ou stéréotypé, « le sujet est stimulé puis inhibé[12] », que cette inhibition provienne d'un obstacle physique (les barreaux) ou psychologique (dans le cas d'une parade d'intimidation, l'animal est partagé entre la peur et l'agression, par exemple).

Aux yeux des zoologistes, les fonctions de la ritualisation sont aussi variées que les genres de comportement qu'elle affecte. Retenons les trois traits suivants : premièrement, la « composante auto-esthétique ou à caractère de gratuité[13] » de nombre d'activités ritualisées, y compris chez les animaux ; il y a un plaisir de faire pour faire. Deuxièmement, les ritualisations animales et humaines présentent toutes (c'est donc une de leurs caractéristiques) un « couple de forces opposées », dont l'une tend vers « la simplification, la communication et l'action mécanique », et l'autre vers « la complexification, l'action retardée, la durée prolongée[14] ». Troisièmement, l'anxiété provoquée, chez l'homme comme chez les animaux, par le fait de déroger à une habitude « profondément enracinée[15] » peut en partie expliquer la pérennité des comportements rituels.

Selon Lorenz, qui aborde ce point sous son angle adaptatif, un animal qui a acquis une habitude et qui constate que celle-ci aboutit au résultat escompté la répète scrupuleusement. N'ayant pas connaissance de l'ensemble des connexions causales qui conduisent au succès ou courent à l'échec, il répète ce qui a fait ses preuves. Mais n'en va-t-il pas de même dans l'attitude superstitieuse humaine ? s'interroge Lorenz. Que se passerait-il si l'on omettait de toucher du bois au moment opportun ? Lorenz cautionne, encore que sous un angle purement fonctionnaliste, l'indistinction opérée par Julian Huxley entre les curieuses cérémonies observées chez les animaux et les rites humains. Nonobstant les différences qui séparent les processus historiques des processus phylogénétiques, d'étonnantes analogies doivent être mises au jour, lesquelles s'expliquent par une fonction similaire dans les sociétés humaines et dans les sociétés animales : l'inhibition de l'agressivité. Telle est la thèse de Lorenz.

Mais les animaux ne sont pas seulement façonnés par des processus phylogénétiques ; ils le sont aussi par des processus historiques. Ils sont, à divers titres, « empêtrés dans nos histoires » (Wilhelm Schapp) et dans notre histoire, et ont eux-mêmes chacun leur histoire, des histoires et une

Histoire. Songeons ici seulement à la tentative – réussie – du premier chat qui fit de la maison humaine sa demeure, fouilla dans les armoires et y découvrit un pullover jaune...

La communication

Aucune situation ne paraît plus tragique, plus offensante pour le cœur et l'esprit, que celle d'une humanité qui coexiste avec d'autres espèces vivantes sur une terre dont elles partagent la jouissance, et avec lesquelles elle ne peut communiquer. On comprend que les mythes refusent de tenir cette tare de la création pour originelle ; qu'ils voient dans son apparition l'événement inaugural de la condition humaine et de l'infirmité de celle-ci.

Claude LÉVI-STRAUSS,
De près et de loin
(entretien avec Didier Eribon).

« Il ne lui manque que la parole », entend-on souvent dire à propos de l'animal de la maison. Ne comprend-il pas tout (ou presque) ? Ne sait-il pas rendre clair l'objet de ses attentes, la nature de ses désirs, la raison de ses colères, sans l'aide de cet outil qui permet la conversation à bâtons rompus ? Mais souhaite-t-on vraiment qu'il en aille avec cet ami particulier comme avec nos pairs : parler, parler du temps qu'il fait, parler pour ne rien dire, en ayant sans doute le sentiment de servir bien pauvrement la langue, mais parler ? « Non, il n'est pas d'archet qui morde / Sur mon cœur, parfait instrument, / Et fasse plus royalement / Chanter sa plus vibrante corde, / Que ta voix, chat mystérieux, / Chat séraphique, chat étrange[16] ».

En vérité, les animaux se voient contraints de combler le vide qui les sépare des humains avec lesquels ils vivent autant que ces derniers avec eux. « Cette imperfection qui empêche la communication entre elles [les bêtes] et nous, pourquoi ne serait-elle pas aussi bien à nous qu'à elles ? Reste à deviner à qui est la faute de ne pas nous comprendre, car nous ne les comprenons pas plus qu'elles ne nous comprennent. En raisonnant comme nous, elles peuvent nous estimer bêtes comme nous le faisons d'elles[17]. » Où l'on aura reconnu le scepticisme de Montaigne. Il leur faut trouver une troisième voie, faite de coïncidences langagières à mi-chemin entre les manières respectives de se faire entendre.

Mais c'est d'abord pour l'animal que cette mise au point est urgente, car sa vie en dépend, et puis son confort. « J'ai peut-être eu, confesse Pierre Loti dans *Le Livre de la pitié et de la mort*, plus de pitié encore pour ces âmes des bêtes que pour celles de mes frères, parce qu'elles sont sans parole et incapables de sortir de leur demi-nuit, surtout parce qu'elles sont plus humbles et plus dédaignées[18]. » Même si « ça parle », l'écart entre la condition des uns et celle des autres est ressenti d'autant plus vivement que le logocentrisme est puissant. Il reste qu'une frange de mots, d'expressions et de voix devient vite commune et qu'un espace de compréhension pratique et de fluidité affective s'ouvre.

De manière générale, nous ne nous demandons pas ou plus ce que se taire veut dire. Nous manquons d'attention aux détails d'une expression que nous rangeons bien vite dans l'insignifiance. Or, le silence du monde bruit de voix animales. Giorgio Agamben évoque notre « insoutenable condition d'êtres sans voix, les seuls dans le chœur innombrable des voix animales[19] ». La voix serait « le pur avoir-lieu d'une instance de langage sans aucun événement déterminé de signification », la

« catégorie des catégories »[20], le présupposé de tout énoncé de langage. Parce que l'homme est parlant, il est privé de voix. Hegel associe la voix – « un haut privilège de l'animal » – à son libre déplacement ; expression d'une subjectivité, la voix est « l'extériorisation du sentiment de soi[21] ». Loin d'être un simple signe renvoyant à une réalité extérieure, elle manifeste le sentiment de soi. Les métaux ont un son, ils réagissent à un événement extérieur, mais ils n'ont point de voix. « L'être subjectif se fait connaître comme cet être plein d'âme, en tant qu'il tremble dans lui-même et qu'il fait seulement trembler l'air[22]. » Les habitants de l'eau sont dépourvus de voix. Celle-ci est ce qu'il y a de plus proche de la pensée, car en et par elle « la subjectivité pure devient objective[23] ». Le chant de l'oiseau est une voix portée très haut par Hegel qui, le premier parmi les modernes, vit dans cette mélodie une « extériorisation sans désir » où s'exprime la « jouissance de soi enjouée », « la jouissance immédiate de soi-même[24] ». Car l'oiseau s'adonne au pur plaisir de chanter. Ces remarques conduisent bien sûr à la question de l'origine du langage : se tient-elle dans le signe ou, au contraire, dans la voix ? Le langage est-il la suppression de la voix ?

Des peuples anciens ont décrété, ou admis comme une vérité d'initiés, que les animaux comprenaient ce qui se tramait et se chuchotait. L'étoffe imperméable du langage faisant césure entre les humains et les animaux bâillait. Un niveau de compréhension infralangagier, plus puissant que celui délivré par les paroles, ruinait par avance tout dessein malin que l'homme projetait de fomenter contre eux, leur dévoilant tout secret qu'il aurait voulu garder par-devers lui. Car c'est en ce sens qu'allaient les choses : les animaux avaient connaissance des plans humains, mais non l'inverse. « Du temps où les bêtes parlaient. » Nombreux sont les mythes et les contes qui évoquent une époque où les uns et les autres n'étaient pas encore séparés et où, par conséquent, ils causaient ; sans oublier ces nuits exceptionnelles durant lesquelles, une fois l'an, les animaux retrouvent la parole et conversent secrètement entre eux. La véritable rupture se situerait bien là.

Nul n'ignore les tentatives des scientifiques pour faire parler les animaux au moyen d'outils tels que la langue des signes ou une palette d'idéogrammes. Est-ce pour rompre un sentiment d'isolement et instaurer une communauté avec les animaux ? Rien n'est moins sûr. Un positivisme qui ne comprend ni ce que se taire veut dire ni ce que parler veut dire n'est-il pas plutôt à l'œuvre, confondant capacités linguistiques et langage parlé inhérent à et partagé par une communauté ? Car parler, c'est être transi par le langage, c'est vivre dans un monde de mots plus que dans un monde de choses. Les perceptions des êtres parlants diffèrent de celles des êtres non parlants ; non que celles-ci, comme on l'entend parfois dire, fussent limitées aux objets utiles à la vie (le reste disparaissant dans l'ombre), mais parce qu'elles seraient au contraire plus équivoques en raison de leur non-indexation à un langage qui les fixe, les classe, les répertorie. Sont-elles plus profondément des perceptions, sujettes à des variations auxquelles aucune étiquette ne viendrait mettre un terme ? Le monde des animaux est pourtant stable, et « vivre, c'est continuellement vivre-dans-la-certitude-du-monde » (Husserl).

Vouloir faire parler les animaux relèverait de l'idée que la signification est tout entière et ultimement détenue par le langage. L'expressivité, pourtant, ne se rabat pas sur l'expression. Cette dernière n'est pas la forme enfin accomplie de l'expressivité qui n'en serait que l'ébauche ; et jamais les animaux ne livreront le code de leur expressivité dans les termes du véhicule humain qui leur est inculqué au prix de longues et contraignantes séances d'apprentissage. Le lien, s'il en existe un, n'est pas de traduction.

Aussi apparaît-il que c'est la confusion entre les couples expressivité/sens et expression/signification qui, d'un côté, motive le projet de faire parler les singes – c'est-à-dire : délaisser leur expressivité, tenue pour obscure et incertaine, partielle et peu lisible, au profit d'une expression signifiée qui permettrait enfin d'accéder à un plan complet et validé de compréhension – mais, d'un autre côté, l'annule, précisément parce que jamais l'expression ne clarifiera l'expressivité, ne la transcrira, ne la portera à un plus haut niveau comme à son dépassement. Les animaux vivent de manière d'abord expressive : dans le monde a-linguistique de l'expressivité dont la richesse est tout autre que celle des ressources de la langue. Signification et expression seraient en effet à verser du côté du langage, tandis que l'expressif ne renverrait qu'à l'expressif. « Tout ce qui a été structuré et pensé préalablement par le langage masque ce qui est expérience au niveau a-linguistique dès que nous tentons de comprendre nos vécus ou même d'exprimer simplement leur contenu[25]. »

Plongés dans le bain humain, les animaux familiers doivent faire l'effort de comprendre et de se faire comprendre. Les chiens apprennent rapidement certains mots qu'ils associent à une action. Très vite, le mot suffit à annoncer la chose. Les chats associent de cette façon, mais le langage humain les intéresse moins qu'il n'intéresse les chiens. Car le chat, cet inconnu, demeure ailleurs. Nous prenons un évident plaisir à parler à, plutôt qu'avec, nos animaux. Pas de dialogue avec eux, pas plus qu'avec le nouveau-né. Joie régressive et délicieuse où toutes les inventions, combinaisons, associations de termes et intonations sont licites ! On use du langage, un langage minimal, pour faire passer, sous le manteau, des mots magiques, de la fausse monnaie, des billets de Monopoly avec lesquels on peut tout acheter. Si le chat ronronne, le nouveau-né écarquille des yeux rieurs, et l'amoureux, auquel ces fragments de discours s'adressent, est béat. Ici, on parle sans attendre la pareille, sans contrôle ; pour mieux dire, on roucoule.

Mallarmé, rappelle Jacques Lacan, « compare l'usage commun du langage à l'échange d'une monnaie dont l'avers comme le revers ne montrent plus que des figures effacées et que l'on se passe de main en main "en silence" [...] ; cette métaphore suffit à nous rappeler que la parole, même à l'extrême de son usure, garde sa valeur de tessère[26] ». Pourtant, par un fait extraordinaire et qui ne s'est produit qu'une fois, le chat Mitcho s'est aventuré au-delà de cette valeur d'échange. Voici comment. J'avais sorti sa boîte de voyage depuis quelques jours et nous n'étions toujours pas partis. Le troisième jour, il considéra la boîte avec insistance, s'immobilisa et me fit face. C'est alors qu'une chose incroyable s'accomplit. Me regardant droit dans les yeux, il imita de manière confondante l'intonation d'une phrase en modulant sa voix. Je l'entendis pour ainsi dire me demander : « Pourquoi la boîte est-elle ici ? » (sous-entendu : alors que nous ne plions pas bagage). Je jouai le jeu et lui répondis, sérieusement à mon tour, que je l'avais sortie en effet en avance et que nous partions bientôt. Il m'écouta attentivement. Je lus l'incompréhension, puis la déception dans son regard. La légère tension de son corps qui accompagnait l'attention requise par notre tentative d'un dialogue clair et distinct se relâcha. Il quitta la pièce. Ce galop d'essai resta sans suite.

L'amitié

Parce que c'était lui, parce que c'était moi.

MONTAIGNE,
Les Essais, « De l'amitié ».

Il semble audacieux de poser la question de l'amitié entre les humains et les animaux. D'abord parce que la définition privative de l'animal qui sévit depuis des siècles ne saurait plaider la cause de cette amitié-là. Qu'aurait-on à faire d'un abruti privé de toutes les qualités si noblement servies par l'homme : l'âme, la conscience, la raison, le langage, et j'en passe ? Comment, pourquoi, par quelle folie, se lierait-on à un déchet ontologique, jamais appréhendable que par ce qu'il n'a pas et n'est pas, ainsi qu'on l'apprend notamment dans les cours de philosophie des classes terminales ?

Ensuite parce que l'amitié, à première vue tout du moins, requiert le partage d'intérêts communs ; c'est d'eux que naissent les affinités qui gouvernent l'élection de l'ami. Là où celles-ci sont nécessairement absentes, comment imaginer l'amitié, l'affection, l'amour ? « La voix de l'ami peut-elle être celle d'un animal ? Y a-t-il de l'amitié possible pour l'animal[27] ? », demande Jacques Derrida, qui articule la réponse négative à cette interrogation au refus de la responsabilité à l'égard du vivant et de la compréhension de l'animal comme prochain.

Ce qui engendre l'amitié entre humains, inclinaisons et accords divers sur le plan des idées ou des goûts, n'entre pas dans le lien, dont l'alchimie est bien étrange, se tissant avec un animal. On aurait donc tort de penser que l'absence des conflits qui peuvent sonner le glas des amitiés humaines signe la fadeur de l'amitié avec les animaux. Ne s'égare-t-on d'ailleurs pas en tentant de la comprendre sur le modèle de ce qui unit les êtres humains ? Ne peut-on y déceler, en creux, le modèle de l'amitié par excellence ? Celle qui, dans la typologie aristotélicienne, correspond au lien ancré dans la vertu ; amitié parfaite dans la mesure où, purement désintéressée, elle est une fin en soi, contrairement à ses deux autres formes présentées dans l'*Éthique à Nicomaque* que sont celles fondées sur l'utilité d'une part, et sur le plaisir d'autre part, et qui sont vouées à disparaître avec le déclin des motifs qui les ont suscitées. L'amitié avec les animaux serait exempte de déception, entend-on souvent. Mais n'oublions pas que l'on n'est dans le champ de l'amitié que si réciprocité il y a : donner, et non seulement recevoir, former une communauté heureuse, partager, être en complicité ; en somme, être ensemble au sens plein du terme.

L'élection semble ôter à l'amitié toute force politique. À l'amitié s'attachent un privilège et un privilégié ; l'autre n'y est précisément pas n'importe quel autre. La condamnation des violences induites par la plupart des usages qui sont imposés aux animaux constitue, au fil des siècles, une histoire de la philosophie dissidente. Celle-ci, lorsqu'elle demande la révision du statut des animaux, ne s'appuie pas sur l'amitié, mais sur le devoir de justice dû aux êtres sensibles. Autant la justice recèle impérativement, dans son essence même, l'universalité, autant l'amitié fait des choix. C'est ce qui rend compte du parti pris philosophique d'en appeler plutôt à la justice qu'à l'amitié dans la mesure où celle-ci, liée à l'affinité, n'est pas universalisable en fait, même si elle peut l'être en droit, comme le réclame la philanthropie.

Il s'éleva cependant au « comité de la Ligue des droits du chien », un « grand débat sur les droits de l'homme[28] », dont Alain rapporte l'essentiel. Après s'être longtemps interrogés sur la servitude volontaire de l'homme à l'égard des leurs – « on n'a jamais vu un chien construire lui-même sa niche, ni préparer sa soupe, ni découper et faire rôtir les viandes ; toujours l'homme s'est trouvé chargé de ces serviles travaux, jusqu'à ce point qu'on dirait presque qu'il les fait par plaisir[29] » –, les chiens, réunis dans le but de trancher la question de savoir s'il fallait donner à l'homme des droits et cherchant pour cela un critère valable, n'en trouvèrent d'autres que le composé très ancien qu'ils formaient avec ce dernier. Un composé qu'il faut appeler « amitié », une amitié plus ou moins reconnue ; « c'est en ce sens qu'il y a des droits de l'homme » conclurent les chiens[30].

La thèse n'est pas si folle. Les Grecs ont pensé ensemble la *philia* et l'apparentement *(oikéiotès)* qui lie les êtres sensibles. Souvent traduite par « amitié », la *philia* caractérise la relation empreinte de réciprocité et d'estime mutuelle ; tandis que l'*agapè* évoque un sentiment élargi à autrui quel qu'il soit et dépourvu d'attente en retour. L'étroitesse consubstantielle à l'amitié cède ici le pas à la fraternité. La philanthropie a son pendant animal : la zoophilie (terme désormais malheureux du fait de la signification sexuelle qui a doublé son acception initiale), qui désignait une sorte d'amitié militante étendue à tout le genre animal, animée d'une flamme pareille à celle qui habite la philanthropie. L'expression « amis des animaux », évoquée quant à elle avec l'indulgence que l'on a pour les préoccupations peu sérieuses quoique généreuses dans leur principe, désigne ceux qui défendent les intérêts des bêtes. Peut-être est-il préférable de parler des « défenseurs des animaux » pour dégager l'activité militante d'une référence non nécessaire au sentiment, d'autant que celui-ci est toujours tenu pour plus ou moins suspect. S'il est vrai que point n'est besoin d'aimer tels ou tels individus, humains ou animaux, pour condamner les traitements humiliants, les sévices ou la cruauté dont ils sont victimes, il est un fait que l'amitié porte la justice à un niveau plus incandescent.

Mais c'est peut-être moins l'idée de l'excellence de la relation avec un animal que celle de sa singularité que l'on souhaite ici faire prévaloir et de sa perfection – celle d'une note tenue haut. C'est parce que l'amitié laisse à l'ami une page blanche, une respiration entre les lignes écrites, qu'il peut offrir une présence inconstante : être là sans appartenir, s'en aller librement, librement revenir, garder au plus fort de la présence cette distance qui caractérise l'amitié. Si l'amitié comme fin en soi, celle qui n'est pas susceptible de dépérir avec le déclin de l'intérêt qui lui a donné vie, est la seule amitié véritablement éthique, alors l'amitié avec l'animal y répond tout à fait.

Indéfiniment neuve quoique recommencée dans le sillage des jours, voilà sa temporalité. Loin d'être son possible naufrage, la vie quotidienne la fortifie, parce que les animaux donnent un charme infini à des détails qui, sans eux, occuperaient un rang plus que médiocre dans nos vies ordinaires. À la première eau qui bout pour le thé du matin se joint le geste du premier repas offert à la bête qui l'attend.

Les animaux que l'on tient pour des amis, qui sont nos amis, ont, comment dire ?, une sorte de fierté et de dignité, de certitude silencieuse – « silence à griffes, à mufles, silence à petits sabots[31] ».

L'amour

Et elle [la chatte Moumoutte chinoise] continuait de me regarder, mais de me regarder dans les yeux, ce qui déjà indiquait dans sa petite tête tout un monde de conceptions intelligentes : il fallait d'abord qu'elle comprît [...] que je n'étais pas une chose, mais un être pensant, capable de pitié et accessible à la muette prière d'un regard ; de plus, il fallait que mes yeux fussent pour elle des yeux, c'est-à-dire des miroirs où sa petite âme cherchait anxieusement à saisir un reflet de la mienne... En vérité, ils sont effroyablement près de nous, quand on y songe, les animaux susceptibles de concevoir de telles choses...

Pierre LOTI,
Le Livre de la pitié et de la mort.

Peut-être plus nettement que dans les amitiés humaines qui finissent par s'expliquer, avec les animaux, le fait brut, nu, sans raison, s'impose : on s'aime. À l'origine de toute amitié, de tout amour, se tient une rencontre. Et contre cette expérience, nul n'a de prise. Les amis à venir se reconnaissent à quelque détail bien souvent étranger à ce qui est censé rendre compte de leur prochaine entente. Des animaux se rencontrent et se lient au premier coup d'œil. De même avons-nous des coups de foudre pour cet animal-ci et non pour celui-là. Une rencontre silencieuse, entre celui-ci et non celui-là, a lieu. « Ce n'est pas seulement l'action sous ses nombreuses formes mais aussi l'inaction qui a une fonction constitutive dans la rencontre. Nous connaissons cette inaction qui est celle de l'attitude tranquille [...], et surtout du silence. [...] Il n'y a de silence de l'être rencontré que si je suis moi aussi présent dans ce silence[32]. »

Il reste que la référence à l'amitié avec un animal, jugée raisonnablement impossible, a un statut ambigu ; ses mentions oscillent entre la dérision, l'anecdote et la métaphore. On aurait affaire, dans tous les cas, à la fallacieuse copie de la seule relation d'amitié digne de ce nom, entendons celle qui se forge entre humains ; à moins que son caractère improbable ne conduise paradoxalement à la prendre pour modèle de ce que devrait être une belle amitié, ainsi que l'illustre assez bien l'habituelle qualification du chien comme « meilleur ami de l'homme ». Mascarade ou pis-aller, sentimentalisme, gâtisme ? Si l'amour porté aux bêtes est souvent moqué, Zola notait pourtant qu'il « persiste, ne cède pas devant l'amour maternel, quand celui-ci s'est éveillé chez la femme. Vingt fois j'ai vérifié le cas [...]. Rien ne saurait prouver d'une façon plus décisive qu'elle [l'affection des bêtes] existe en soi, bien à part, qu'elle est distincte, qu'on peut l'avoir ou ne pas l'avoir, mais qu'elle est une manifestation totale de l'amour universel, et non une modification, une perversion d'un des modes particuliers d'aimer[33]. » Quant à Colette, si elle s'avoue lasse de la vie conjugale – « je n'ai plus envie de me marier avec personne » –, elle « rêve encore qu'[elle] épouse un très grand chat[34] » !

Gageons que ce sentiment d'entente parfaite, cette harmonie préservée du heurt de la parole, sont en effet plus répandus qu'on veut bien le dire ou le faire croire. On aime sa bête en cachette. Au spectacle d'amour, « car c'était de l'amour évidemment », d'un chat assoupi sur l'ouvrage d'une couturière, on sentait la profonde confiance mutuelle et le bonheur d'être ensemble de ces deux êtres ; de toutes les formes que l'amour peut revêtir, celle qui unit un humain et un animal est peut-être celle qui le manifeste le « plus purement », note Rémy de Gourmont : « Elle est là. Rassuré, il reprend son somme. C'est, parmi les mystères de la sympathie, un des plus curieux, que cette élection d'un être humain par un animal [...]. Le chien en donne des exemples indiscrets, maladifs. Le chat porte son amour avec sérénité[35]. » Car nous oublions souvent de poser la question en ce sens : l'humain choisi par l'animal. Si le chat n'a pu décrocher le titre de meilleur ami de l'homme, c'est que son amitié, plus ombrageuse, est moins éclatante, moins criante, moins criarde, diraient certains.

Les chats, on le sait, ne sont pas vraiment domestiqués, seulement apprivoisés. Encore a-t-on parfois des doutes. Être ubiquitaire par excellence, le chat est tout à fait là et dans le même temps ailleurs, évidemment ailleurs. Cette énigme ne saurait être élucidée car nous ignorons (et c'est heureux) dans quelle mystérieuse contrée son esprit s'aventure. De là provient la sensation qu'une sorte de halo cotonneux auréole la tête grave du chat. Plusieurs foyers l'occupent. Oserait-on l'appeler « l'être des lointains » ? Son séjour est intérieur autant qu'au-dehors, dans ce bain environnant dont il perçoit mieux que nous la large gamme des timbres, des lumières et des senteurs. S'il dort tant, c'est en raison, je le crois, de l'incomparable richesse de sa vie onirique. Les hommes de sciences ne s'acharnent-ils d'ailleurs pas sur lui, jusqu'à ce que mort s'ensuive, pour découvrir le secret du sommeil ? Michel Jouvet s'y est fait un nom. Il se passe des choses colorées et intéressantes, sûrement des choses aussi en noir et blanc, dans cette double vie du chat, mais Jouvet ne les voit pas de cet œil-là. « Vers le troisième ou quatrième jour postopératoire [...], [les chats] regardent fixement devant eux, la tête levée, les pupilles dilatées [...]. Jusque-là, il n'a pas été possible de garder en vie des animaux plus de trois mois sans phase paradoxale[36]. » À bas la divulgation armée de leurs secrets !

Comment deux êtres empêchés dans l'échange mutuel, contraints de communiquer en puisant chacun dans un registre qui demeure partiellement opaque à l'autre – quand le miaulement long et plaintif, exagérément plaintif, plaintivement calculé, échoue, le chat tente quelque chose de terrible : un miaulement bref et sec, un peu rauque ; la tête est basse, la bouche crispée, le corps voûté, comme accablé par le malheur (j'en fis l'amère expérience un soir où je rentrai tard) – peuvent-ils à ce point s'aimer, non pas se comprendre (comprend-on d'ailleurs qui que ce soit et sait-on jamais à qui l'on a affaire ?) mais se donner le meilleur avec une générosité désintéressée ? Là est le miracle.

Nous caressons les animaux et déposons des baisers sur leur front, nous prenons leur patte dans notre main, nous leur disons des choses ; c'est alors que, pleins de contentement, dans un moment suspendu, ils ferment leurs yeux. Ils goûtent cet accord parfait. Et nous donc ! N'est-ce pas de là que nous vient le « sentiment océanique » ? Dans la vie sauvage, les animaux ne connaissent ni les baisers, ni les caresses, ni les paroles, et pourtant ils les reçoivent avec une certaine évidence. « Ce que la Moumoutte avait résolu de me demander, après tant d'hésitation, ce n'était ni à manger, ni à boire ; c'était [...] un peu d'amitié... Où avait-elle appris à connaître cela, cette bête de rebut, jamais flattée par une main bienveillante, jamais aimée par personne[37] ? » Si l'histoire de la domestication se confond avec celle de l'emprise de l'homme sur les animaux, une emprise physique (contention, séparation des animaux, mutilations), biologique (maîtrise de la reproduction, détournement de certaines fonctions), génétique (sélection d'abord réalisée de manière empirique, désormais à l'aide d'outils biotechnologiques toujours plus précis), elle est aussi, à la marge et sans que ce fût là son objet, celle de l'enlacement et des yeux fermés.

La cruauté

Le maintien est si modeste, la toison si sobrement nuancée, que vous n'avez peut-être pas remarqué la dureté cruelle du crâne large, la patte redoutable et nerveuse où s'enchâssent des griffes courbes, soignées, prêtes à combattre, la poitrine épanouie, les reins mouvants –, enfin toute la beauté dissimulée de cette bête solide faite pour l'amour et le carnage.

COLETTE,
La Paix chez les bêtes.

Il faut en venir au sujet qui fâche. Le chat tue pour s'amuser, la chose est indéniable. Et qui plus est, il prend son temps. Bien nourri, n'y ayant été formé d'aucune façon ni poussé par aucune nécessité, le chat se plaît pourtant infiniment à l'affût. Cela fait partie de son équipement – physique, biologique, psychique. Entretient-il ainsi une disposition salvatrice au cas où il serait un jour privé de la pléthore offerte par la maison humaine ? Le plaisir qu'il prend à cette activité vient-il de la souffrance qu'il inflige ? En d'autres termes : le chat est-il sadique, a-t-il le goût de la cruauté ?

Les amis des chats les plus partiaux ont beau jeu d'invoquer « l'instinct » ou « la nature » pour les disculper du pire, à savoir que, par ce côté, ils ne vaudraient pas mieux que les bouchers, les chasseurs, les pêcheurs et les piégeurs de toutes sortes, qui, eux aussi, tuent aujourd'hui presque toujours et partout pour le plaisir en prenant leur temps.

Pour illustrer la différence entre le pouvoir et la puissance, c'est le cas du chat et de la souris que choisit Elias Canetti. Une fois que le chat s'est emparé d'elle, la souris est au pouvoir du chat. Il la tient entre ses mâchoires et va la tuer. Voilà ce qu'il a : le *pouvoir* immédiat de faire. Mais la plupart du temps, le chat n'exerce pas derechef ce pouvoir d'anéantir, sitôt saisie, sa proie. Le jeu, qui intervient le plus souvent, introduit un élément nouveau : celui d'une forme de liberté laissée à la proie. C'est là que le calvaire de la souris commence ; non que mourir d'un coup compte pour rien dans sa vie toujours inquiète. Le chat « la lâche et lui permet de s'écarter un peu. Elle file, lui ayant tourné le dos, et dès lors elle n'est plus en son pouvoir. Mais la *puissance* reste au chat de la rattraper. S'il la laisse échapper, elle sort de la sphère de sa puissance. [...] L'espace que contrôle le chat, les instants d'espoir qu'il laisse à la souris, mais en la surveillant de tout près, sans cesser de s'intéresser à elle et à sa destruction, tout cela ensemble pourrait se caractériser comme le corps véritable de la puissance, comme la puissance elle-même[38]. » C'est l'exercice de sa puissance de donner et de reprendre, de permettre à la souris de se croire peut-être tirée d'affaire mais en réalité de ne jamais lui offrir cette chance, qui conduit à s'interroger sur ce prétendu « instinct de survie » qui serait à l'œuvre. Car cet espace de jeu est autre chose. Il confirmerait que la chasse est d'abord un plaisir, comme l'atteste la poursuite de cette activité dans les sociétés humaines repues.

La plupart des propriétaires de chats se moquent en vérité de ces crimes. Nous sommes peu à les déplorer et, le cas échéant, à tenter de les déjouer dans la mesure du possible, car le chat serre alors les mâchoires, nous faisant comprendre que nous ferions bien de nous mêler de ce qui nous regarde.

Nous sommes moins nombreux encore à nous interroger sur ce fait qui, à nos yeux, participe, relève du mal. C'est à une méditation cosmogonique que cela pourrait bien nous convier. « L'air enfin, frais et pur, laissa voir le soleil. Des herbes et des fougères géantes couronnèrent les montagnes. Les animaux naissent, et, le dernier d'entre eux, naît l'homme. Ainsi, dans ces temps immémoriaux, s'accomplit le destin qui devait faire de la terre le perpétuel séjour du crime[39]. » Les espèces animales se dévorent les unes les autres selon l'ordre de leurs forces respectives, tandis que l'homme, même lorsqu'il « possède des étables pleines » continue de se livrer à la chasse, « son occupation préférée[40] ». Cette sombre méditation à laquelle Anatole France nous invite se prolonge au-delà de notre Terre. Ouvrant sa fenêtre aux premières étoiles du soir, le narrateur songeait « avec horreur que la destinée de ce monde, loin d'être unique, dans son atrocité, était peut-être la destinée de myriades et de myriades de mondes », et que si les habitants de ces autres mondes sont contraints aux mêmes lois que celles qui gouvernent le nôtre, alors, « le mal est à son comble, il embrasse l'infini[41] ».

S'apercevoir que même les chats, ces joyaux de mystère, ces infinies beautés, tuent par plaisir ne conduit-il pas à douter de tout ? Les preuves de l'inexistence de Dieu sont multiples ; en voilà une de plus ! Les « lois de la nature » sont si constamment punitives, s'abattant d'abord sur les plus fragiles et les plus pacifiques de ses membres, que l'absence d'un grand ordonnateur, juste et bon, est décidément patente.

Ayant repéré un trou dans l'herbe, le chat peut demeurer très longtemps en poste. Il sait que, à un moment ou à un autre, sa patience payera. Tout ce qui bouge mobilise le chat, notamment les mouvements rapides et furtifs qu'il cherche à neutraliser. C'est pourquoi il se prend au jeu de la ficelle que nous activons rapidement et furtivement, par à-coups. Le regard est imperturbable, la queue furieuse, la peau frémissante. Le chat est focalisé. La mouche bourdonnante qui se heurte à la vitre est plaquée par sa patte et croquée. L'oiseau joyeux qui virevolte est arrêté dans son vol. Le mulot craintif, aplati sur le sol. Le chat fait régner l'immobilité autour de lui, il exerce la terreur – lui, l'adorable endormi, le petit bras au garde-à-vous ou placé en rond devant ses yeux pour chasser toute lumière sous ses doubles paupières. Ce qui vit doit être mort, paralysé, stoppé. La lenteur, cependant, n'appelle pas chez lui cette pulsion de mort que Freud a, dans *Au-delà du principe de plaisir*, d'abord pensée comme l'élément « le plus important » et « le plus obscur » de la recherche psychologique. Le crapaud engourdi ne réagit pas à la taquinerie prudente du chat, intrigué par cet animal étrange dont le comportement lui est opaque. Sa lenteur semble venir d'un autre temps, tandis que la minuscule rainette, elle, bondit au moindre bruit pour disparaître dans le point d'eau.

D'où vient ce désir d'immobiliser le mouvement de la vie ? « *Une pulsion serait une poussée inhérente à l'organique doué de vie en vue de la réinstauration d'un état antérieur* que cet être doué de vie a dû abandonner sous l'influence de forces perturbatrices externes, elle serait une sorte d'élasticité organique ou, si l'on veut, la manifestation de l'inertie dans la vie organique[42]. » En somme, tout être vivant tendrait à retrouver l'état inerte, anorganique, dont il provient. Ce vers quoi tend la vie ne peut être un état à venir inconnu mais plutôt un état ancien, un état initial que le vivant s'est vu contraint d'abandonner. Or, sachant que tout organisme est voué à mourir pour des raisons internes, nous ne pouvons qu'en arriver à dire, poursuit Freud, que *« le but de toute vie est la mort* » d'autant que « *le sans-vie était là antérieurement au vivant*[43] ». La vie est l'apparition d'une tension, et avec cette apparition se forme la première pulsion : celle de retourner à l'état inorganique, à l'absence totale de tension.

Comment découvrir les preuves de cette activité destructrice ? Autodestructrice ? Voilà qu'intervient le deuxième temps de la réflexion de Freud sur la pulsion de mort, car il est clair que (pour demeurer dans le cas qui nous occupe) ce n'est pas contre lui-même que le chat opère, mais contre une vie affairée. Comme si cette absence de tension, ce degré zéro de l'activité, le chat cherchait à les obtenir au détriment des petits animaux les plus évidemment entreprenants, les plus évidemment vivants. Si l'on devait admettre l'existence d'un travail secret au cœur des organismes, ne devrait-on pas partir en quête de ses formes patentes dans une activité qui, au lieu de se tourner contre soi, se tourne contre des parties du monde extérieur ? Il n'est pas aisé de comprendre qu'une mêmc pulsion puisse revêtir des destins si opposés. Car, dans la première approche, c'est l'absence de tensions de l'organisme qui est visée, tandis que dans la seconde, c'est à la destruction du monde extérieur que la pulsion applique ses forces. Faut-il concevoir que la réduction de l'organique à l'inorganique, de la mobilité à l'immobilité, du bruit au silence, de la joie à l'anéantissement apporte à celui qui tue une forme d'apaisement, cependant factice, puisque la tension qui l'habite, du fait qu'il est vivant, ne cesse pas de le tenir en haleine ? C'est donc une violence sans fin que les êtres, selon une hiérarchie des forces, s'infligent les uns aux autres – et en vain.

Dans un bref et énigmatique texte, « Un croisement », Kafka évoque la situation d'un animal moitié chaton moitié agneau, que le narrateur a hérité de son père. Du chat, l'étrange bête a la tête et les griffes, de l'agneau la taille et la forme. « Au soleil, sur le bord de la fenêtre, elle ronronne et elle fait le gros dos ; dans les près elle court comme une folle, on peut à peine l'attraper.[44] » Les nuits de pleine lune, l'animal monte sur le toit. Dans la journée, il évite les chats et veut s'en prendre aux agneaux. Il ne sait pas miauler et ne s'intéresse pas aux souris. Il peut rester couché « des heures, à l'affût, près du poulailler, mais [il] n'a jamais commis d'assassinat[45] ». Ainsi vont les comportements contrariés de cet animal tiraillé entre des dispositions contraires. Sa nourriture est faite de lait, qu'il « fait passer à longs traits sur ses canines de carnassier[46] ». Curiosité populaire que les enfants visitent ; tous tentent de comprendre qui il est. Il ne reconnaît comme son semblable ni le chat ni l'agneau.

Un jour que, contrarié par des soucis financiers, l'homme se balançait dans son fauteuil, l'animal calé sur ses genoux, il baissa les yeux vers lui et vit « des larmes qui coulaient de son immense moustache[47] ». Était-ce les larmes de l'homme, plus soucieux qu'il ne l'aurait imaginé, ou celles de cet être craquant dans une peau qui n'est pas la sienne, privé d'un soi, d'un noyau unificateur ? « Ma bête réunit deux sortes d'inquiétude, celle du chat et celle de l'agneau, si différentes qu'elles soient. Aussi se trouve-t-elle à l'étroit dans sa peau.[48] » Devant ce malaise définitif, cette impossibilité d'être soit l'un soit l'autre, cet être condamné à être ce qu'il n'est pas et réciproquement, l'homme se demande si dans les « yeux humains » par lesquels, de surcroît, cet animal croisé le regarde, il n'implore pas « l'acte raisonnable » de sa mise à mort par « le couteau du boucher[49] ».

Nous ne comprenons décidément rien aux animaux. Nous ne savons pas qui ils sont, et aurions pu, pour cela, à cause de cela, demeurés éblouis par ce mystère et tenus en respect par lui. L'humanité, dans son besoin de révérence, s'est inventé tout exprès des dieux vénérables, refusant de voir que leur royaume est en ce monde.

Notes

1. Rainer Maria Rilke et Balthus, *Mitsou, histoire d'un chat*, Paris, Rivages, coll. « Petite Bibliothèque », 2008, p. 59-60.

2. Pierre Loti, *Reflets sur la sombre route*, Paris, Calmann-Lévy, œuvres complètes en 11 vol., sans date, p. 49-50.

3. Roger Grenier, *Les Larmes d'Ulysse*, Paris, Gallimard, 1998, p. 46.

4. Alain, « Pensées crépusculaires », 20 novembre 1928, in *Esquisses de l'homme*, 7e éd., Paris, Gallimard, 1938, p. 81.

5. André Verdet, « Le dit du chat », Nice, Éditions de la Catoune, 1992, p. 9.

6. Alain, « Pensées crépusculaires », *op. cit.*, p. 83.

7. Charles Baudelaire, « Le chat », *Les Fleurs du mal*, Paris, Poulet-Malassis et De Broise, 1857, p. 111.

8. Claude Lévi-Strauss, *Tristes tropiques*, Paris, Pocket, 2001, p. 497.

9. Colette, *Journal à rebours*, Paris, Fayard, 2004, p. 153-154.

10. Maurice Merleau-Ponty, *La Nature. Cours du Collège de France, notes*, Paris, Seuil, 1995, p. 252.

11. Julian Huxley, « Introduction », *in* Julian Huxley (dir.), *Le Comportement rituel chez l'homme et l'animal*, Paris, Gallimard, 1971, p. 9.

12. Desmond Morris, « La rigidification du comportement » *in* Julian Huxley, *op. cit.*, p. 127.

13. Julian Huxley, *op. cit.*, p. 25.

14. *Ibid.*, p. 34.

15. Konrad Lorenz, « Évolution de la ritualisation dans les domaines de la biologie et de la culture », *in* Julian Huxley, *op. cit.*, p. 55.

16. Charles Baudelaire, « Le chat », *Les Fleurs du mal*, *op. cit.*, p. 110.

17. Michel de Montaigne, *Les Essais*, livre II, chap. XII, Paris, Gallimard, coll. « Quarto », 2009, p. 550.

18. Pierre Loti, *Le Livre de la pitié et de la mort* (1891), inclus : *Vie de deux chattes*, Paris, Payot, coll. « Petite Bibliothèque Payot », 2013, p. 65.

19. Giorgio Agamben, *Le Langage et la Mort. Séminaire sur le lieu de la négativité*, Paris, Christian Bourgois, 1991, p. 191.

20. *Ibid.*, p. 73.

21. G.W.F. Hegel, *Encyclopédie des sciences philosophiques* II : *La philosophie de la nature*, add. au § 351, Paris, Vrin, 2004, p. 640.

22. *Ibid.*

23. *Ibid.*, p. 641.

24. *Ibid.*, add. au § 365, p. 690.

25. Erwin Straus, *Du sens des sens*, Grenoble, Jérôme Millon, 2000, p. 325.

26. Jacques Lacan, *Fonction et champ de la parole et du langage en psychanalyse*, Rapport du congrès de Rome, 26-27 septembre 1953, p. 93.

27. Jacques Derrida, « "Il faut bien manger" ou le calcul du sujet », *Confrontation*, cahiers 20, Paris, Aubier, hiver 1989, p. 107.

28. Alain, « Les droits de l'homme », 19 octobre 1925, in *Esquisses de l'homme*, *op. cit.*, p. 34.

29. *Ibid.*

30. *Ibid.*, p. 36.

31. Jules Supervielle, « Visages des animaux » in *Naissances*, Paris, Gallimard, 1951.

32. Frederik Buytendijk, *Phénoménologie de la rencontre*, Paris, Desclée de Brouwer, 1952, p. 44-45.

33. Émile Zola, « L'amour des bêtes », *Le Figaro* du 24 mars 1896.

34. Colette, *La Naissance du jour*, Paris, Flammarion, 1928, p. 76.

35. Rémy de Gourmont, « Le chat endormi », *Paysages*, in *La Petite Ville*, suivi de *Paysages*, Paris, Société littéraire de France, 1916, p. 91.

36. Michel Jouvet et D. Jouvet, « Le sommeil et les rêves chez le chat », in *Psychiatrie animale*, Abel-Justin Brion et Henry Ey (dir.), Paris, Desclée de Brouwer, 1964, p. 153.

37. Pierre Loti, *Le Livre de la pitié et de la mort*, *op. cit.*, p. 78-79.

38. Elias Canetti, *Masse et puissance*, Paris, Gallimard, coll. « Tel », 1986, p. 299.

39. Anatole France, *La Vie en fleur*, Paris, Calmann-Lévy, 1926, p. 259.

40. *Ibid.*, p. 262.

41. *Ibid.*, p. 263-264.

42. Sigmund Freud, *Au-delà du principe de plaisir* (1920), Paris, PUF, coll. « Quadrige », 2013, p. 36.

43. *Ibid.*, p. 38.

44. Franz Kafka, « Un croisement », in *Récits II*, *Œuvres complètes*, t. V, Paris, Le Cercle du livre précieux, 1964, p. 181.

45. *Ibid.*

46. *Ibid.*

47. *Ibid.*, p. 182.

48. *Ibid.*, p. 182.

49. *Ibid.*, p. 183.

Table

Rivages poche/Petite Bibliothèque

Collection dirigée par Lidia Breda

Dernières parutions

Sophie de Condorcet	*Lettres sur la sympathie* (n° 861)
Simone Weil	*Amitié* (n° 860)
Adam Smith	*Théorie des sentiments moraux* (n° 859)
Paul Valéry	*Mauvaises pensées* (n° 858)
Joseph Joubert	*Pensées* (n° 857)
Bernis	*Réflexions sur les passions* (n° 855)
Mme de Villedieu	*Les Désordres de l'amour* (n° 854)
Shaftesbury	*Lettre sur l'enthousiasme* (n° 852)
D'Holbach	*Théologie portative* (n° 851)
Q. T. Cicéron	*Petit Manuel de campagne électorale* (n° 559)
Pascal	*Pensées sur la politique* (n° 75)
J.-M. Charcot	*La Foi qui guérit* (n° 849)
Chateaubriand	*Voyage en Italie* (n° 848)
Hermann Hesse	*Contes* (n° 847)
Lu Yu	*Le Classique du thé* (n° 846)
E. Levinas	*Être juif* (n° 845)
Kakuso Okakura	*Le Livre du thé* (n° 481)
Walter Benjamin	*Je déballe ma bibliothèque* (n° 320)
Martin Heidegger	*Remarques sur art – sculpture – espace* (n° 640)
Racine	*Abrégé de l'histoire de Port-Royal* (n° 840)
Épicure	*Sur le plaisir* (n° 839)
Fontenelle	*Sur le bonheur, la patience, la liberté* (n° 836)
P. P. Pasolini	*Poésie en forme de rose* (n° 835)
Adolf Loos	*Ornement et crime* (n° 412)

Plutarque *Comment tirer profit de ses ennemis* (n° 103)

Simone Weil *Écrits sur l'Allemagne* (n° 833)

F. T. Marinetti *Contre Venise passéiste* (n° 832)

A. Schopenhauer *L'Art de se connaître soi-même* (n° 830)

Mme de Sablé *Maximes* (n° 829)

Walter Benjamin *Dernières lettres* (n° 827)

Joseph Roth *Confession d'un assassin racontée en une nuit* (n° 826)

A. Dufourmantelle *Éloge du risque* (n° 825)

Montaigne *De la vanité* (n° 63)

Ambrose Bierce *Le Dictionnaire du Diable* (n° 821)

Martin Heidegger *De l'origine de l'œuvre d'art* (n° 820)

Cesare Beccaria *Des délits et des peines* (n° 819)

Giorgio Agamben *Qu'est-ce qu'un dispositif ?* (n° 569)

Hippolyte Taine *Vie et opinions philosophiques d'un chat* (n° 601)

Virginia Woolf *Suis-je snob ?* (n° 734)

Mme du Châtelet *Discours sur le bonheur* (n° 221)

H. de Saint-Simon *De la réorganisation de la société européenne* (n° 817)

B. de Saint-Pierre *Éloge historique et philosophique de mon ami* (n° 816)

Edith Wharton *Beatrice Palmato* (n° 815)

Sénèque *De la colère* (n° 814)

D. Noguez *Comment rater complètement sa vie en onze leçons* (n° 438)

E. Levinas *La Compréhension de la spiritualité* (n° 810)

I. de Loyola *Exercices spirituels* (n° 788)

Rose Bertin *Mémoires sur Marie-Antoinette* (n° 811)

Vivant Denon *Point de lendemain* (n° 807)

A. Tchekhov	*Une plaisanterie, et autres nouvelles* (nº 808)
Fougeret de Monbron	*Le Cosmopolite ou le citoyen du monde* (nº 765)
Wanda von Sacher-Masoch	*Confession de ma vie* (nº 709)
Simone Weil	*L'Iliade ou le poème de la force* (nº 674)
Origène	*Au commencement était le Verbe* (nº 805)
Dante	*L'Enfer* (nº 804)
R. M. Rilke	*Poupées* (nº 803)
Jane Austen	*Amour et amitié* (nº 802)
Machiavel	*Lettres à Francesco Vettori* (nº 800)
Emanuele Coccia	*La Vie sensible* (nº 801)
Cicéron	*Du destin* (nº 799)
Théophile Gautier	*Charles Baudelaire* (nº 798)
J. M. Barrie	*Peter Pan* (nº 796)
M. Renouard	*La Réforme de l'opéra de Pékin* (nº 795)
J. M. Keynes	*Deux souvenirs* (nº 793)
B. Franklin	*Conseils pour se rendre désagréable* (nº 792)
C. de Foucauld	*Déserts* (nº 750)
J.-H. Fabre	*Une ascension au mont Ventoux* (nº 791)
Edith Wharton	*La Plénitude de la vie* (nº 790)
Franz Hessel	*Flâneries parisiennes* (nº 789)
Joseph Conrad	*Amy Foster* (nº 787)
Virginia Woolf	*Lettre à un jeune poète* (nº 785)
Stefan Zweig	*La Peur* (nº 783)
Giorgio Agamben	*De la très haute pauvreté* (nº 781)
K. et J. Marx	*Lettres d'amour et de combat* (nº 782)

Anatole France	*Le Livre de mon ami* (nº 779)
J. Conrad - F.M. Fox	*La Nature d'un crime* (nº 778)
F. Schlegel	*Philosophie de la vie* (nº 776)
W. Morris	*Comment nous vivons, comment nous pourrions vivre* (nº 775)
Stefan Zweig	*Le Désarroi des sentiments* (nº 774)
Marc Bekoff	*Les Émotions des animaux* (nº 773)
Charles Dickens	*Londres, la nuit* (nº 770)
S. Freud - S. Zweig	*Correspondance* (nº 166)
Charles Dickens	*Les Carillons* (nº 769)
H. D. Thoreau	*Les Forêts du Maine* (nº 771)
Alma Mahler	*Journal intime* (nº 768)
Arthur Schnitzler	*Journal* (nº 767)
David Lodge	*À la réflexion* (nº 766)
Roger Nimier	*Les Indes galandes* (nº 64)
H. Hesse	*Une bibliothèque idéale* (nº 763)
Giorgio Agamben	*Nudités* (nº 760)
Virginia Woolf	*Elles* (nº 759)
A. Gramsci	*Pourquoi je hais l'indifférence* (nº 746)
Pétrarque	*Sur sa propre ignorance* (nº 755)
Ludwig Tieck	*Le Chat botté* (nº 754)
Edith Wharton	*Paysages italiens* (nº 753)
H. de Balzac	*Traité de la vie élégante* (nº 752)
Italo Svevo	*Court voyage sentimental* (nº 751)
S. Kierkegaard	*La Crise dans la vie d'une actrice* (nº 749)
Lola Montès	*L'Art de la beauté* (nº 748)
Marc Augé	*Pour une anthropologie de la mobilité* (nº 747)
Mme de Staël	*Dix années d'exil* (nº 744)
James Joyce	*Lettres à Nora* (nº 741)
Clarice Lispector	*Le Seul moyen de vivre* (nº 743)
Franz Kafka	*Cahiers in-octavo* (nº 742)
Mori Ôgai	*Chimères* (nº 739)

Walter Benjamin — *Critique et utopie* (nº 737)
Léon Tolstoï — *Lettres à sa femme* (nº 738)
Épictète — *Ce que promet la Philosophie* (nº 735)
Virginia Woolf — *Une pièce bien à soi* (nº 733)
A. Dufourmantelle — *En cas d'amour* (nº 732)
Charles Nodier — *Questions de littérature légale* (nº 731)
Carlo Ossola — *En pure perte* (nº 730)
Nikolaï Leskov — *Le Voyageur enchanté* (nº 728)
John Ruskin — *La Bible d'Amiens* (nº 725)
H. de Balzac — *Petites misères de la vie conjugale* (nº 724)
Jackie Pigeaud — *Melancholia* (nº 726)
William Temple — *Sur les jardins d'Épicure* (nº 720)
William Morris — *L'Art et l'Artisanat* (nº 719)
John Ruskin — *Sésame et les Lys* (nº 718)
Ippolita — *Le Côté obscur de Google* (nº 709)
Chantal Thomas — *L'Esprit de conversation* (nº 706)
G. Leopardi — *Chants* (nº 717)
L. Binswanger – A. Warburg — *La Guérison infinie* (nº 716)
P. B. Shelley — *Défense de la poésie* (nº 714)
Hofmannsthal — *Lettres du retour* (nº 713)
Giorgio Agamben — *La Puissance de la pensée* (nº 712)
Rob Nairn — *Qu'est-ce que la méditation ?* (nº 711)
F. de la Motte-Fouqué — *Ondine* (nº 710)
Franz Kafka — *Lettres à Max Brod* (nº 708)
Jean Jaurès — *Le Socialisme et la Vie* (nº 686)
Nicolas de Cues — *La Docte Ignorance* (nº 704)
Lewis Carroll — *Lettres à Alice* (nº 703)
F. S. Fitzgerald — *L'Effondrement* (nº 701)
Walter Benjamin — *Enfance* (nº 699)
Mark Twain — *La Liberté de parole* (697)
Léon Tolstoï — *L'Évangile expliqué aux enfants* (nº 696)

C. M. Schulz	*Play It Again, Schroeder !* (nº 695)
Augustin	*Soliloques* (nº 694)
R. W. Emerson	*Société et solitude* (nº 692)
C. Deneuve – A. Desplechin	*Une certaine lenteur* (nº 690)
Théophraste	*Caractères* (nº 688)
Alexander Pope	*La Boucle de cheveux enlevée* (nº 687)
Marc Augé	*Éloge de la bicyclette* (nº 685)
Jackie Pigeaud	*Que veulent les femmes ?* (nº 684)
A. Prévost-Paradol	*Madame de Marçay* (nº 682)
C. et M. Lamb	*Les Contes de Shakespeare* (nº 681)
Arthur Schnitzler	*Double rêve* (nº 680)
Rudyard Kipling	*Paroles de chien* (nº 679)
C. M. Schulz	*Super Snoopy* (nº 678)
John Keats	*Lettres à Fanny* (nº 677)
William Blake	*Chants d'innocence* (nº 676)
Anatole France	*La Révolte des anges* (nº 673)
Benedetto Croce	*Pourquoi nous ne pouvons pas ne pas nous dire « chrétiens »* (nº 672)
D'Holbach	*Essais sur l'art de ramper* (nº 670)
Marc Augé	*La Communauté illusoire* (nº 669)
Rudyard Kipling	*Dans la jungle* (nº 667)
R. Appignanesi	*Walter Benjamin* (nº 666)
Kurt Tucholsky	*Chroniques parisiennes* (nº 665)
A. Schopenhauer	*Petits écrits français* (nº 664)
Sacher-Masoch	*La Vénus à la fourrure* (nº 661)
Mlle Aïssé	*Lettres à Madame C**** (nº 660)
Isaiah Berlin	*La Liberté et ses traîtres* (nº 659)
F. de Towarnicki	*De petits points lumineux d'espoir* (nº 645)
Pierre Sansot	*Ce qu'il reste* (nº 657)
Jackie Pigeaud	*Poésie du corps* (nº 656)
Charles Darwin	*Écrits intimes* (nº 647)

Laurence Sterne	*Voyage sentimental en France et en Italie* (n° 654)
Pétrarque	*Séjour à Vaucluse* (n° 653)
C. M. Schulz	*Sally à l'école* (n° 652)
Samuel Butler	*Contrevérités* (n° 651)
William Thackeray	*Le Livre des snobs* (n° 650)
Marcel Proust	*Les Intermittences du cœur* (n° 646)
Cicéron	*L'Orateur idéal* (n° 639)
Günther Anders	*La Haine* (n° 642)
Augustin	*Confessions portatives* (n° 641)
Rudyard Kipling	*La Plus Belle Histoire du monde* (n° 638)
D.H. Lawrence	*Lettres à K. Mansfield* (n° 635)
Voltaire	*Lettres (1711-1778)* (n° 634)
Zygmunt Bauman	*Vies perdues* (n° 633)
Michel Surya	*De l'argent* (n° 632)
Joseph Conrad	*Un avant-poste du progrès* (n° 631)
David Lodge	*L'Art de la fiction* (n° 630)
M. Tsvétaïéva	*Matins bénis* (n° 627)
Charles Darwin	*Le Corail de la vie* (n° 623)
Mme de Scudéry	*Du mensonge* (n° 625)
R. L. Stevenson	*Devenir écrivain* (n° 624)
James Hillman	*La Trahison et autres essais* (n° 626)
Lucien	*Sur le deuil* (n° 619)
Léon Bloy	*Le Symbolisme de l'apparition* (n° 618)
Giorgio Agamben	*Qu'est-ce que le contemporain ?* (n° 617)
Mencius	*Le Livre de Mencius* (n° 615)
C. M. Schulz	*Le Doudou de Linus* (n° 614)
Sade	*Voyage à Naples* (n° 613)
Sainte-Beuve	*Madame du Deffand* (n° 608)
J.-F. de Bastide	*La Petite maison* (n° 607)
H. Bergson	*La Politesse* (n° 610)
Franz Kafka	*Journal intime* (n° 609)

G. Palante	*Le Bovarysme* (n° 605)
H. Melville	*Le Bonheur dans l'échec* (n° 604)
Virginia Woolf	*L'Écrivain et la Vie* (n° 600)
R. M. Rilke - M. Tsvétaïéva	*Est-ce que tu m'aimes encore ?* (n° 595)
R. M. Rilke	*Mitsou* (n° 597)
Plutarque	*Consolation à Apollonios* (n° 596)
Italo Svevo	*Vie conjugale* (n° 594)
C. M. Schulz	*Une vie de chien* (n° 590)
Chateaubriand	*Amour et Vieillesse* (n° 587)
Casanova	*Discours sur le suicide* (n° 589)
Fronton	*Éloge de la négligence* (n° 588)
Giorgio Agamben	*L'Amitié* (n° 584)
Pascal	*Écrits sur la grâce* (n° 582)
C. M. Schulz	*Miaou !* (n° 575)
D. Noguez	*Vingt choses qui nous rendent la vie infernale* (n° 574)
A. Radichtchev	*Voyage de Pétersbourg à Moscou* (n° 573)
Les 36 stratagèmes (n° 572)	
Mme de Lambert	*Avis d'une mère à sa fille* (n° 566)
Stendhal	*Les Privilèges* (n° 570)
R. M. Rilke	*Élégies de Duino* (n° 564)
Évangiles apocryphes de l'enfance de Jésus (n° 563)	
Plutarque	*Conseils aux politiques pour bien gouverner* (n° 558)
Virginia Woolf	*De la maladie* (n° 562)
Homère	*Figures de l'amour* (n° 552)
C. M. Schulz	*Fais Face, Charlie Brown* (n° 550)
Dostoïevski	*Le Bourgeois de Paris* (n° 556)
James Hillman	*Le Mythe de la psychanalyse* (n° 554)
Maître Eckhart	*Aphorismes et légendes* (n° 551)
Giorgio Agamben	*Profanations* (n° 549)
Amartya Sen	*La Démocratie des autres* (n° 548)

D.H. Lawrence	*Lettres* (n° 547)
Claudio Magris	*Trois Orients* (n° 543)
Apulée	*Éros et Psyché* (n° 542)
Mme de Charrière	*Lettres de Lausanne* (n° 541)
Pierre Sansot	*La Beauté m'insupporte* (n° 537)
A. Gnoli - F. Volpi	*Le LSD et les années psychédéliques* (n° 536)
Clausewitz	*De la guerre* (n° 530)
Plutarque	*Sur le bavardage* (n° 150)
Jane Hope	*Bouddha* (n° 540)
R. Appignanesi	*Freud* (n° 539)
Giorgio Agamben	*L'ouvert* (n° 533)
John Donne	*Poèmes sacrés et profanes* (n° 532)
Qiao Liang	*La Guerre hors limites* (n° 531)
Kant	*Sur la différence des deux sexes* (n° 527)
Georg Lukács	*Journal 1910-1911* (n° 526)
C. M. Schulz	*Envole-toi Charlie Brown* (n° 525)
C. M. Schulz	*As-tu jamais pensé que tu pouvais avoir tort ?* (n° 524)
W.H. Auden	*Horae Canonicae* (n° 523)
Chantal Thomas	*Souffrir* (n° 522)
R. M. Rilke	*Lettres de Paris* (n° 514)
Bossuet	*Sur les anges gardiens* (n° 516)
Shmuel Trigano	*Le Temps de l'exil* (n° 515)
Stendhal	*Du rire* (n° 513)
Maître Eckhart	*Sermons allemands* (n° 512)
Dostoïevski	*Carnets* (n° 511)
Sénèque	*De la clémence* (n° 490)
C. M. Schulz	*Les Amours des Peanuts* (n° 506)
C. M. Schulz	*Te voilà, Charlie Brown !* (n° 505)
Michel Cassé	*Théories du ciel* (n° 504)
Léon Bloy	*Exégèse des lieux communs* (n° 501)
Elsa Morante	*Petit manifeste des communistes* (n° 500)

Anne Cauquelin	*Petit traité du jardin ordinaire* (nº 499)
Anatole France	*Le Procurateur de Judée* (nº 496)
Catherine Chalier	*De l'intranquillité de l'âme* (nº 495)
Hofmannsthal	*Les mots ne sont pas de ce monde* (nº 494)
Platon	*Le Banquet* (nº 493)
Otto Weininger	*Livre de poche* (nº 489)
A. Einstein – S. Freud	*Pourquoi la guerre ?* (nº 488)
Suso	*Tel un aigle* (nº 487)
Hans Jonas	*Évolution et liberté* (nº 486)
C. M. Schulz	*Il ne faut pas faire ça, Charlie Brown* (nº 484)
Hölderlin	*Hymnes* (nº 482)
Raoul Vaneigem	*Pour l'abolition de la société marchande – pour une société vivante* (nº 480)
Sappho	*Poèmes* (nº 478)
André le Chapelain	*Comment maintenir l'amour* (nº 418)
C. M. Schulz	*Sauve qui peut, Charlie Brown* (nº 472)
C. M. Schulz	*C'est la vie, Charlie Brown* (nº 471)
S. Kierkegaard	*La Dialectique de la communication* (nº 470)
Francis Galton	*Petit manuel de survie* (nº 467)
Giorgio Agamben	*Le Temps qui reste* (nº 466)
M. Fernández	*Tout n'est pas veille lorsqu'on a les yeux ouverts* (nº 465)
Angelus Silesius	*Le Voyageur chérubinique* (nº 464)
Claude Chabrol	*Comment faire un film* (nº 463)
Leo Strauss	*Nihilisme et politique* (nº 460)
Hofmannsthal	*Lettres à Rilke (1902-1925)* (nº 459)
Sunzi	*L'Art de la guerre* (nº 458)
Sénèque	*Le Temps à soi* (nº 457)

Marie Bonaparte	*Topsy* (n° 456)
J. O. de La Mettrie	*L'Homme plus que machine* (n° 442)
Ortega y Gasset	*Études sur l'amour* (n° 452)
Natsumé Sôseki	*Mon individualisme* (n° 450)
Maître Eckhart	*La Divine Consolation* (n° 449)
C. M. Schulz	*Peanuts* (n° 446)
Stoïciens	*Passions et vertus* (n° 445)
C. M. Schulz	*On va y arriver, Charlie Brown* (n° 431)
Erri De Luca	*Première heure* (n° 441)
Marc Aurèle	*À soi-même* (n° 440)
Heinrich Heine	*Idées. Le Livre de Le Grand* (n° 437)
S. Kierkegaard	*La Répétition* (n° 413)
C. M. Schulz	*Il était une fois, Charlie Brown* (n° 430)
Georg Gadamer	*L'Héritage de l'Europe* (n° 429)
Jacob Taubes	*En divergent accord* (n° 425)
Giorgio Agamben	*L'Ombre de l'amour* (n° 434)
Günther Anders	*Nous, fils d'Eichmann* (n° 426)
Buffon	*Discours sur la nature des animaux* (n° 424)
J. Van de Wetering	*L'après-Zen* (n° 421)
Peter Sloterdijk	*Dans le même bateau* (n° 420)
Jonathan Swift	*La bataille des livres* (n° 419)
Ch. Fourier	*Des harmonies polygames en amour* (n° 417)
Giorgio Agamben	*Ce qui reste d'Auschwitz* (n° 390)
Malek Chebel	*Du désir* (n° 414)
R. M. Rilke	*Journal de Westerwede et de Paris, 1902* (n° 409)
Maître Eckhart	*Conseils spirituels* (n° 408)
W. H. Auden	*Shorts* (n° 407)
A. Machado	*De l'essentielle hétérogénéité de l'être* (n° 391)

C. M. Schulz	*Il est temps de changer, Charlie Brown* (n° 403)
C. M. Schulz	*Courage, Charlie Brown* (n° 402)
Francis Bacon	*Sur le prolongement de la vie et les moyens de mourir* (n° 401)
Hannah Arendt	*Qu'est-ce que la philosophie de l'existence ?* (n° 400)
Hofmannsthal	*Chemins et rencontres* (n° 396)
Plutarque	*Manger la chair* (n° 395)
Nietzsche	*Ainsi parla Zarathoustra* (n° 394)
E. S. Piccolomini	*Lettre à Mahomet II* (n° 393)
L'Art de ne croire en rien (n° 392)	
Pierre Sansot	*Chemins aux vents* (n° 388)
Sefer Yesirah ou Le livre de la Création (n° 387)	
Alfred Döblin	*Sur la musique* (n° 386)
F. de Towarnicki	*Martin Heidegger* (n° 385)
Chantal Thomas	*Sade, la dissertation et l'orgie* (n° 384)
Erri De Luca	*Alzaia* (n° 382)
Prince de Ligne	*Pensées, portraits et lettres* (n° 381)
Giorgio Agamben	*Moyens sans fins* (n° 380)
Patrizia Cavalli	*Toujours ouvert théâtre* (n° 379)
Rosvita	*Résurrection de Drusiane et de Calimaque* (n° 378)
C. M. Schulz	*Lucy psychiatre* (n° 369)
C. M. Schulz	*La vie est un rêve, Charlie Brown* (n° 368)
John Donne	*Méditations en temps de crise* (n° 365)
Paradis de Moncrif	*Essais sur la nécessité et sur les moyens de plaire* (n° 364)
Révéroni Saint-Cyr	*Pauliska* ou *La perversité moderne* (n° 361)
Pétrarque	*Contre la bonne et la mauvaise fortune* (n° 360)
Federico Zeri	*Le Mythe visuel de l'Italie* (n° 357)

Federico Zeri	*Renaissance et pseudo-Renaissance* (n° 356)
D. Noguez	*Les Plaisirs de la vie* (n° 353)
Hölderlin	*Poèmes 1806-1843* (n° 352)
Charles Darwin	*L'Expression des émotions chez l'homme et les animaux* (n° 351)
A. Schnitzler – S. Zweig	*Correspondance* (n° 348)
Augustin	*Le Bonheur conjugal* (n° 347)
Oscar Wilde	*La Vérité des masques* (n° 346)
La Rochefoucauld	*Maximes et mémoires* (n° 345)
Horace	*Vivre à la campagne* (n° 344)
Goethe	*Maximes et réflexions* (n° 343)
Plutarque	*La Sérénité intérieure* (n° 336)
Bruce Benderson	*Sexe et solitude* (n° 335)
Franz Kafka	*Réflexions sur le péché, la souffrance, l'espérance et le vrai chemin* (n° 334)
Marc Augé	*Les Formes de l'oubli* (n° 333)
Pascal	*L'Art de persuader* (n° 330)
J. M. R. Lenz	*Cours philosophiques pour âmes sentimentales* (n° 325)
Claude Crébillon	*Lettres de la Marquise de M*** au Comte de R**** (n° 322)
	Évangile de Jean (n° 321)
Jean Chrysostome	*De l'incompréhensibilité de Dieu* (n° 317)
Fernando Savater	*Pour l'éducation* (n° 314)
Pierre Sansot	*Du bon usage de la lenteur* (n° 313)
Hofmannsthal	*Lettre de Lord Chandos* (n° 312)
Italo Svevo	*Dernières cigarettes* (n° 311)
J. Van de Wetering	*Le Miroir vide* (n° 310)
S. J. Lec	*Nouvelles pensées échevelées* (n° 306)
R. W. Emerson	*La Confiance en soi* (n° 302)
Mme de Staël	*De l'influence des passions* (n° 299)

G. Matzneff	*De la rupture* (n° 298)
Chantal Thomas	*Comment supporter sa liberté* (n° 297)
Karl Kraus	*Cette grande époque* (n° 294)
Augustin	*La Vie heureuse* (n° 261)
S. Kierkegaard	*Crainte et tremblement* (n° 291)
Hannah Arendt	*Le Concept d'amour chez Augustin* (n° 288)
R. Sánchez Ferlosio	*Nous aurons encore de mauvais moments* (n° 287)
G. C. Lichtenberg	*Pensées* (n° 283)
Yogindu	*Lumière de l'Absolu* (n° 281)
J. Van de Wetering	*Un éclair d'éternité* (n° 278
Ennio Flaiano	*Journal des erreurs* (n° 275)
Lalla Romano	*J'ai rêvé de l'Hôpital* (n° 272)
Mme de Lambert	*De l'amitié* (n° 268)
Pétrarque	*La Vie solitaire* (n° 266)
Lie-Zi	*Du vide parfait* (n° 263)
G. Leopardi	*Philosophie pratique* (n° 258)
Giorgio Agamben	*Stanze* (n° 257)
Bruce Benderson	*Pour un nouvel art dégénéré* (n° 259)
E. Levinas	*Éthique comme philosophie première* (n° 254)
Casanova	*Mon apprentissage à Paris* (n° 252)
Thérèse d'Avila	*Le Château intérieur* (n° 248)
Stephen Karcher	*Yi king* (n° 247)
Georg Büchner	*Lenz* (n° 244)
Karl R. Popper	*Des sources de la connaissance et de l'ignorance* (n° 241)
Jean Paul	*Être là dans* l'*existence* (n° 239)
Umberto Eco	*Croire en quoi ?* (n° 238)
Hans Jonas	*Pour une éthique du futur* (n° 235)
Barbey D'aurevilly	*Du dandysme et de George Brummell* (n° 233)
Al-Jahiz	*Éphèbes et courtisanes* (n° 231)

P. Klossowski	*La Monnaie vivante* (n° 230)
E. Levinas	*Quelques réflexions sur la philosophie de l'hitlérisme* (n° 226)
Martin Palmer	*Le Taoïsme* (n° 222)
S. Kierkegaard	*Johannes Climacus* (n° 223)
Marc Augé	*L'Impossible voyage* (n° 214)
Euripide - Sénèque	*Médée* (n° 211)
Tullia d'Aragona	*De l'infinité d'amour* (n° 210)
Félix Ravaisson	*De l'habitude* (n° 208)
Ovide	*Amours* (n° 202)
Christine de Suède	*Maximes* (n° 200)
Hans Jonas	*Le Droit de mourir* (n° 196)
J.-G. Ymbert	*L'Art de faire des dettes* (n° 193)
L'Aretin	*Sonnets luxurieux* (n° 192)
Erri de Luca	*Rez-de-chaussée* (n° 191)
K. G. Schelle	*L'Art de se promener* (n° 187)
Hannah Arendt	*Considérations morales* (n° 181)
Georg Simmel	*Michel-Ange et Rodin* (n° 180)
Erri de Luca	*Un nuage comme tapis* (n° 176)
Hippocrate	*Airs, eaux, lieux* (n° 174)
W. Gombrowicz	*Cours de philosophie en six heures un quart* (n° 171)
André Morellet	*De la conversation* (n° 169)
Jean	*L'Apocalypse* (n° 165)
Aristote	*La Vérité des songes* (n° 162)
G. Scholem	*Benjamin et son ange* (n° 158)
Plutarque	*Comment écouter* (n° 150)
Xénophon	*L'Économique* (n° 145)
Maître Eckhart	*Du détachement* (n° 143)
Mme du Deffand	*Lettres à Voltaire* (n° 139)
Épictète	*Manuel* (n° 132)
Aristote	*Éthique à Eudème* (n° 129)
J.-J. Rousseau	*Émile et Sophie* (n° 127)

Hans Jonas — *Le Concept de Dieu après Auschwitz* (n° 123)
Baltasar Gracián — *L'Art de la prudence* (n° 116)
A. Schopenhauer — *Contre la philosophie universitaire* (n° 113)
Apulée — *Le Démon de Socrate* (n° 110)
Longin — *Du sublime* (n° 105)
Chesterfield — *Lettres à son fils* (n° 99)
Montesquieu — *Essai sur le goût* (n° 96)
Karl Kraus — *La Littérature démolie* (n° 92)
Marina Tsvétaïéva — *Après la Russie* (n° 89)
Georg Simmel — *La Tragédie de la culture* (n° 86)
Hésiode — *Théogonie – La Naissance des dieux* (n° 83)
Ortega y Gasset — *Le Spectateur* (n° 80)
Lucien — *Philosophes à vendre* (n° 72)
F. Nietzsche — *Dernières lettres* (n° 70)
Arthur Schnitzler — *La Transparence impossible* (n° 68)
A. Schopenhauer — *Essai sur le libre arbitre* (n° 66)
Sénèque — *Consolations* (n° 60)
Boèce — *Consolation de la philosophie* (n° 58)
A. Schopenhauer — *Douleurs du monde* (n° 57)
Georg Simmel — *Philosophie de l'amour* (n° 55)
Sénèque — *De la brièveté de la vie* (n° 53)
Arthur Schnitzler — *Relations et solitudes* (n° 51)
Pétrarque — *Mon secret* (n° 52)
Hippocrate — *Sur le rire et la folie* (n° 49)
Sénèque — *De la tranquillité de l'âme* (n° 48)
Arthur Schnitzler — *Lettres aux amis (1886-1901)* (n° 45)
Fernando Pessoa — *Lettres à la fiancée* (n° 43)
Fernando Pessoa — *Fragments d'un voyage immobile* (n° 42)
Aristote — *La Rhétorique - Des passions* (n° 40)

Aristote	*L'Homme de génie et la Mélancolie* (n° 39)
E. Severino	*La Loi et le Hasard* (n° 18)
Italo Svevo	*Le Destin des souvenirs* (n° 12)

Mise en pages
PCA – 44400 Rezé

Imprimé à Barcelone par:
BLACK PRINT
en octobre 2018

Dépôt légal : août 2016
Imprimé en Espagne